COLLECTION FOLIO

Nathalie Rheims

L'un pour l'autre

Gallimard

Nathalie Rheims est née à Paris en 1959. Après des études au Conservatoire national d'art dramatique, elle devient comédienne et travaille avec Georges Lavelli, Jean Le Poulain, Roger Hanin, Michel Favory... De 1981 à 1985, elle est journaliste au magazine *Elle* et réalise de grands entretiens. Elle devient ensuite productrice.

Nathalie Rheims a entrepris l'écriture de *L'un pour l'autre* après la mort de son frère Louis, âgé de 33 ans.

pour Louis
pour Henri

à Julien

Le début de notre histoire est venu lentement. L'envie de vous rechercher est arrivée malgré moi. Un deuil, une déchirure profonde, une fêlure, juste une envie de mourir pour ne pas trahir le jeune homme que j'ai passionnément aimé, Louis, mon frère. Des années de bonheur, de secrets partagés, de rires quotidiens. Trente-trois années passées à nous promettre, à nous jurer, en nos jardins secrets faits de mille arbres derrière lesquels nous nous cachions pour mieux échapper aux autres, à la réalité qui nous a finalement attrapés, saisis, torturés, nous séparant à tout jamais. J'ai sombré dans la réclusion de dix ans qui fut la mienne. Tous les jours, je te cherchais, tous les jours tu avais disparu. Pas une porte ne s'est ouverte depuis sans que j'imagine que tu étais derrière. Cent fois le téléphone, ce n'était jamais toi. Je t'ai attendu, sur des bancs et des trottoirs, fidèle à des rendez-vous où tu ne venais plus. L'enfance nous avait unis, la mort te prenait, me laissant là une illusion, un mirage.

Je t'ai accompagné du soleil à la terre et c'est en ce lieu, depuis sa profondeur, que ce désir s'est imposé : aller à la rencontre d'un être de secret et de silence, enseveli dans les mémoires. Aller à rebours. Pouvoir le prendre dans mes bras, le ramener vers la lumière. J'ai cherché parmi les personnes disparues celle qui pourrait, dans mon cœur, faire avec moi cet étrange voyage. Charles Denner, j'ai pensé à vous. Je vous avais vu au cinéma, vingt ans plus tôt, dans le rôle du peintre Fergus de *La Mariée était en noir* ; je ne vous ai jamais rencontré, pressentant confusément qu'un jour l'aventure de la folie nous réunirait.

Jeudi 10 septembre

Depuis des années, je pense à vous, des années à regarder vos films, votre visage, vos yeux, à me demander pourquoi. Un temps infini à me rendre à cette évidence : jamais nos regards ne se croiseront. Tant de fois pourtant — à la fin de la dernière pièce de théâtre que vous avez jouée à Aubervilliers — l'envie de vous aborder. La solitude où je me trouvais, marchant dans la rue, pour n'avoir pas osé le faire. Je me réveille et m'endors avec vous, en pensée.

En 1986, vous vous êtes retiré du monde, à Romainvilliers, dans votre maison. Et là, le mystère, le silence, se sont faits plus épais, plus lourds. Je vous revois Jacques Valin de *La Vie à l'envers*, Bertrand de *L'Homme qui aimait les femmes*. Je connais chacune de vos inflexions, je devine vos troubles, vos angoisses. Je vous parle, à vous que je ne connais pas, à vous que je ne connaîtrai jamais. Aujourd'hui je viens vers vous. Si la vie ne nous a pas réunis, je tenterai de chercher notre histoire dans votre disparition. Je suis allée partout, partout où il pouvait y avoir empreinte de vous. J'ai cherché en surface, où tant d'acteurs laissent mille traces d'eux-mêmes, traces du paraître, traces de lumière. Aucun livre, aucune biographie. Librairies visitées, bibliothèques consultées : néant. Un lien, un fil conducteur possible me reviennent comme une obsession. Une amitié profonde qui me lie à un homme, Pierre Hebey, avocat ; il le fut pour une agence artistique, il vous connut alors.

Une heure plus tard, dans son bureau, Pierre me propose de rencontrer Serge Rousseau, votre ami qui devint, ensuite, votre agent. Serge est l'une des seules personnes de ce métier à vous avoir côtoyé jusqu'à la fin.

Disparaître ! Pour échapper au monde des vivants. Je hais cette illusion fatale de la proximité, ce piège destructeur de la présence du corps de l'autre. Paraître, c'est la mort. Avec vous, maintenant, je disparais, donc je suis vivante.

Vendredi 11 septembre

Plusieurs fois, j'ai reposé le combiné sans oser faire le numéro de Serge Rousseau. Ce matin, toutes mes pensées se bousculent et s'entrelacent. Je ne sais pas si je dois savoir, apprendre, aller plus loin. Charles, je veux vous connaître, vous entendre. Mais par quelles voies ? Des voies terrestres, vivantes, où notre histoire pourrait s'incarner. Je commence. J'irai jusqu'au bout. Au bout de quoi, de vous, de moi ? Au bout de votre vie, au cœur de la mienne ?

Au téléphone, j'explique à Serge mon histoire, la trace que je veux retrouver de votre carrière, le voyage que je veux faire avec vous. Il me répond : « Nous parlerons de lui. Venez mercredi. »

Mon premier rendez-vous avec vous, Charles. Mes yeux sont fermés. J'entends la voix de Bertrand, *L'Homme qui aimait les femmes* : « Les jambes de femmes sont comme des compas qui arpentent le globe terrestre en tous sens, lui donnant son équilibre et son harmonie. »

Mercredi 16 septembre

J'arrive tôt, au comptoir du café. Je fume et, fébrile, attends l'heure du rendez-vous. Il passe devant moi, sur le trottoir ; je reconnais son visage, que les films de François Truffaut m'ont rendu familier. Dans la rue, je l'appelle :

— Monsieur Rousseau ?

Il se retourne, regarde sa montre, me dit en souriant que je suis en avance.

Son bureau, une pièce en rotonde. Un ficus perd ses feuilles.

Il me demande quels sont mes premiers rendez-vous. Je lui dis ne rien connaître de votre vie. Ma seule piste : votre frère aîné. Je le recherche depuis plusieurs semaines, questionnant les uns, les autres. Je sais qu'il se prénomme Alfred, qu'il dirigeait il y a quelques années une société de marketing. Certains m'ont dit qu'il vivait en Afrique où il aurait acheté des plantations de vétiver, d'autres m'ont affirmé qu'il avait disparu. Serge connaît l'existence de ce frère, mais ne sait rien de lui. Peut-être quelques souvenirs de la période de la Résistance dans le Vercors ; tout est flou.

Il évoque Maryse, qui fut la femme des trente-deux dernières années de votre vie. Je lui demande de lui parler de moi. Son soutien, son amitié seront décisifs. Serge se souvient de vos débuts au TNP : le peu de liens que vous aviez avec les gens qui partagent ce métier, mais aussi votre admiration pour Jean Vilar, pour François Truffaut ; le comportement singulier qui était le vôtre, n'arrivant qu'au moment de tourner et partant dès que la lumière s'éteignait. Serge me donne une clef essentielle : « La facilité de le rencontrer et l'infinie difficulté de le revoir. » Il évoque votre première femme, Monette, mère de vos deux enfants, Charlet et Éthel, la complexité de vos rapports avec eux. Serge préfère qu'Alfred ou Maryse me parlent d'eux, s'ils acceptent de me rencontrer.

Les rencontrer, voilà bien la difficulté. Serge est le premier maillon d'une chaîne qui me lie à vous, mais si discret, si pudique. Je sens qu'il ne me dira pas grand-chose. Ce silence autour de vous… Je pourrais insister mais je n'ose pas. Je descendrai à pas lents, déroulant l'échelle de corde qui me mènera à vous. Je plongerai au fond de votre disparition. Et du néant, de l'oubli, nous remonterons vers la lumière, plus légers, l'un des deux libéré de la vie dans l'infini qui s'ouvre, sans appréhension ni crainte. Ensemble, nous pourrons vivre ma vie terrestre. Ensemble, nous aurons gagné un cycle de vie.

Je marche sur le trottoir, tends mon visage vers la pluie. Je n'ai pas froid.

Dix ans déjà. Cette promenade, ce même chemin, je les fis avec toi. Je te sentais fatigué, ma main allait chercher la tienne ; il faisait chaud, tu avais froid. Nous étions restés un moment, les doigts enlacés, devant le fracas des vagues.

Jeudi 17 septembre

Je roule vers la mer. Guidée par le besoin de marcher dans le sable, sur cette plage de Normandie où vous alliez si souvent. D'attendre l'aube qui se lève, en pensant à vous. D'écouter le bruit des oiseaux, de me fondre dans le vent : me sentir vivante.

Vers huit heures, sur les planches, je remarque un inconnu qui lit le journal à une table voisine. Sa voix m'arrache à mes rêves. Cette voix, c'est la vôtre, le même timbre, les mêmes inflexions. Je le regarde, le fixe. Il est brun, maigre, avec un étrange et beau visage. Je lui dis mon étonnement, combien je suis fascinée par cette ressemblance si troublante. Il le sait : tant de gens le lui ont dit. Tout de suite, je lui parle de ma quête. Il me dit avoir bien connu votre frère Alfred, il y a une vingtaine d'années. C'est une coïncidence insensée. Et pourtant, en suis-je vraiment surprise ? Nous échangeons nos numéros. L'étrange Monsieur M. me promet de m'aider dans mes recherches et s'éloigne sur la plage.

Un peu plus tard, la sonnerie du téléphone retentit au fond de ma poche. Je n'ai pas rêvé, Monsieur M. est là. La nouvelle tant attendue est arrivée : Alfred habite à Amiens. Mon cœur bat si fort, illuminé par les premiers scintillements du ciel étoilé, celui de nos origines communes. Je peux enfin commencer mon enquête : votre naissance, votre enfance, vos parents.

Quelle est sa voix ? À quoi ressemble son visage ?

— Allô ? Bonjour. Je voudrais parler à Alfred Denner.

— C'est moi.

— Vous êtes bien le frère de Charles Denner ?

— Oui.

Le silence m'envahit. Tout est trouble et confus. Il faut parler, expliquer. Je lui dis mon amour pour vous, mon désir de le rencontrer pour mieux vous connaître. Sa voix est douce, toute en inflexions dans les graves ; une voix semblable à la vôtre, si elle ne s'en distinguait par un léger accent de l'Europe de l'Est. Il accepte de me rencontrer.

Le lendemain arrive une lettre où il propose de me retrouver au péage d'Amiens. Je l'appelle et lui dis que je trouverai sans peine le chemin de son domicile.

Samedi 19 septembre

En route pour Amiens. Après trois semaines de pluie, le soleil est éclatant. Je voudrais qu'il vous ressemble. Avant-hier, au téléphone, sa voix était anxieuse, à l'idée sans doute de me parler. Je suis décidée à aller au fond de vous. Rien ne m'arrêtera. Dans la voiture, j'écoute un air de Georges Delerue, extrait de *La Peau douce.*

Arrivée rue Charles-Dubois ; voie étroite du nord de la France faite de petites maisons en briques rouges, serrées les unes contre les autres. L'immeuble où habite Alfred est le seul bâtiment moderne. Dans l'entrée, à gauche, un interphone. J'ai du mal à trouver son étage. Peut-être pour retarder encore le moment de le voir. Enfin, son nom : A. Denner. Je sonne. Une voix, qui ne me demande pas qui je suis, me dit : « C'est au premier. » Je monte l'escalier. Il m'attend devant l'ascenseur. Il est différent de vous. Pas très grand, un visage doux. Nos mains, qui se rencontrent pour la première fois, semblent se connaître depuis toujours.

Dans le salon où il me reçoit, à gauche, au mur, trois grandes photos en noir et blanc : vos grands-parents, âgés, vos parents. Je suis frappée par l'étonnante ressemblance d'Alfred avec sa mère et découvre en Charles le sosie de son père. Sur cette photo du jour de leur mariage, vos parents doivent avoir une vingtaine d'années. Puis un grand et beau portrait de vous ; vous avez environ trente ans. Après les avoir longuement regardées, je suis attirée par d'autres photos sur le mur de droite d'un jeune homme à trois âges différents : peut-être six ans, puis quatorze, enfin une vingtaine d'années. Sur celle-ci, il est en uniforme.

— C'est Manuel, mon fils. Enfin, c'était Manuel. Il était pilote de chasse, officier dans l'aéronavale ; il est mort il y a deux ans, six mois après Charles.

Les yeux d'Alfred se remplissent de larmes. Je lui parle doucement. Il se raconte. Pendant tout l'entretien, il reste assis, droit comme un i, déversant pêle-mêle ses souvenirs : vos parents, la guerre... Votre père était tailleur, apiéceur plus exactement : il s'appelait Joseph. Votre mère, Jeanne, ne quittait jamais son mari ; elle travaillait avec lui. Ils ont eu quatre enfants : Élise, qui vit à Strasbourg, Alfred, Charles et Jacques, qui vit à Holon, près de Tel-Aviv ; chacun né à deux ans d'intervalle.

Alfred décrit Joseph, votre père, comme un homme sévère. Né en Galicie, où il commence à travailler à l'âge de neuf ans, il arrive en France en mars 1930, après avoir été refoulé deux fois à la frontière. Sous le prétexte d'une cure à Vichy, il obtient un visa de vingt et un jours et vient en éclaireur. Toutes leurs économies ont fondu ; il faut transformer un visa touristique de trois semaines en un permis de séjour et de travail. Les quatre enfants restent avec leur mère et, en juillet 1930, la famille Denner débarque à la gare du Nord, par un soleil magnifique.

Après un bref passage rue Popincourt, votre famille s'installe rue Basfroi. Pas d'électricité, juste l'eau et le gaz au deuxième étage. Vous vivez à six dans quinze mètres carrés, deux lits pliants, et deux valises vertes, en équilibre sur des chaises, permettent de poser la machine à coudre et servent de table pour les repas. Les cabinets à la turque sont au rez-de-chaussée ; vous habitez au quatrième. Quelques années plus tard, la famille emménage dans un pavillon près de Paris, avec un petit jardin, et la vie s'améliore.

1937. Le travail est difficile, les enfants y participent. Joseph assemble les costumes à la maison, Jeanne prend le métro pour chercher les tissus. Elle a appris à lire le français. Au mois de juin 1940, les Allemands sont aux portes de Paris. Alfred a seize ans, Charles quatorze. Le rêve de leur père serait que ses trois fils soient tailleurs ; leur entreprise s'appellerait « Chez Joseph et ses fils ». Alfred me décrit Charles, avec son caractère turbulent, frondeur, agressif souvent. Les affrontements avec son père sont fréquents. Aurait-il éprouvé le sentiment de n'avoir pas été désiré ? Juste avant l'arrivée des Allemands, Joseph décide de fuir Paris, d'aller vers le sud, pour ne pas subir les persécutions nazies. En route, le train s'arrête au bord de la

Loire. Ils partent à pied, sous les premiers bombardements italiens.

Ils s'installent en Corrèze, près de Lubersac. Joseph a sur lui toutes ses économies. Ils dorment sur des matelas remplis de paille. Leur père trouve du travail chez un tailleur, à Brive, à quarante kilomètres de Lubersac. En septembre, la famille s'installe Cité des roses. Charles est un élève moyen, qui refuse d'être le premier. Leur père leur répète souvent : « Un Juif ne doit surtout pas se faire remarquer. »

Puis ils déménagent pour un pavillon au bord de la Corrèze. Il y a davantage de travail car de nombreux Juifs ont maigri : il faut retoucher les costumes. Le vendredi, Joseph va à la synagogue et, le soir, partage le sabbat. Alfred me confie : « C'était un havre de paix dans un océan de peur. » Ils sont sous le coup des lois antijuives et connaissent l'existence des camps de concentration. La haine des institutions et des notables qui collaboraient avec les nazis forge votre personnalité, habitée par la peur d'être reconnu, arrêté. Votre existence a commencé par un drame. Il vous faut supporter une menace permanente, lutter pour vivre.

À la fin de 1943, la zone libre est supprimée. Comme vous n'avez que dix-sept ans, vous falsifiez vos papiers d'identité et, afin d'être admis à combattre dans la Résistance, rédigez avec votre frère une lettre affirmant que vos parents ont été déportés. Avec Alfred vous réussissez à passer dans le Vercors, dans un camp F.F.I. Le matin de votre première nuit au maquis, vous vous racontez un rêve commun : une très belle jeune fille blonde aux yeux verts, aimée follement de vous deux, aperçue peu de temps avant à la synagogue, d'une riche famille de notables de Strasbourg qui partit pour l'Amérique. Elle demeure entre vous la femme désirée, celle qu'on n'a jamais…

Le maquis s'organise : vous recevez un entraînement militaire intensif qui, doublé d'une volonté sans limites, contribue sans doute à votre survie. Sur la vie quotidienne, votre frère est discret. Seul souvenir précis : de longs moments passés dans la montagne à vous écouter et à vous donner la réplique dans *Le Misanthrope.*

Car c'est décidé, vous serez comédien. La guerre se termine, vous montez à Paris sans un sou en poche, nourri d'une baguette par jour. Vous avez dix-neuf ans quand vous entrez au cours Charles Dullin ; vous vivotez de petits rôles au théâtre et faites le débardeur, la nuit, aux Halles. Puis vous rencontrez Monette, blonde aux yeux clairs dont vous tombez amoureux. D'humeur inconstante, de caractère difficile. Les rapports entre vous sont passionnels et douloureux. Le premier enfant arrive : il s'appelle Charlet, vous ressemble. Deux ans plus tard, c'est une fille : Éthel, comme Éthel Rosenberg.

Vous devenez militant communiste avec la passion de refaire la vie et le monde, de pouvoir étudier et de ne plus avoir peur. À l'époque, la plupart des Juifs de Pologne ayant échappé à la déportation partageaient les mêmes idéaux.

Votre vocation est plus forte que tout. Dans votre enfance déjà, le plaisir de vous déguiser, de vous donner en spectacle, pour mieux affirmer votre singularité. Vous entrez au TNP ; vous en symbolisez l'engagement. Votre travail d'acteur est constant, mais la vie avec Monette devient de plus en plus difficile. De scènes en larmes, vous vous séparez ; Charlet a cinq ans, Éthel en a trois. Vous vivez pendant deux ans une période où seule compte votre passion pour le théâtre. Puis un jour, en Avignon, descendant jouer *Thomas Moore ou l'Homme seul* avec la troupe de Jean Vilar, vous rencontrez Maryse. Seul, vous ne le serez plus.

En 1968, Charlet a quatorze ans. Monette, souffrante, ne peut plus élever vos deux enfants, qui viennent vivre avec vous. Vous demandez Maryse en mariage. Charles, je sens qu'il est impossible, pour le moment, de parler plus longuement de Charlet et d'Éthel, ce qui vous liait à eux étant sans doute l'une des parts les plus douloureuses de votre histoire. Alfred, peut-être, pourrait m'en dire plus, mais il pense que c'est à Maryse de le faire si elle le désire.

Votre frère me dit sa fascination pour votre voix qui se reconnaissait à la première inflexion, et dont les deux paquets quotidiens de Gitanes sans filtre n'expliquaient pas la singularité. Il évoque votre déception et votre désengagement vis-à-vis des communistes, le complot des blouses blanches, premier mouvement de résistance au stalinisme en Union soviétique, votre lien à Jean-Paul Sartre et à Simone de Beauvoir. Lorsque vous entendez Sartre faire l'éloge de Céline, vous coupez violemment les ponts avec eux. Passionné, exclusif, intransigeant, haïssant le mensonge, vous demandiez tant à ceux qui vous aimaient.

Alfred parle, et parle encore. Il est loin avec vous, dans son souvenir. Je lui dis qu'il serait temps pour moi de rencontrer Maryse. Il me demande si je veux que nous l'appelions. Je préférerais qu'il le fasse seul, pour être libre de lui parler de moi. Maryse a été la femme de votre vie. Comment lui faire comprendre mon histoire ? Mon histoire de vie, mon histoire de mort. Je pense que peut-être, dans la relation fusionnelle qui fut la vôtre et l'est encore, elle écoutera un peu de mon récit. Je ferme un instant les yeux et l'imagine.

Je propose à Alfred de profiter du soleil ; nous marchons tous les deux vers la cathédrale d'Amiens. Dans un petit restaurant, il évoque vos rapports de frères, forts, parfois complexes, ainsi que son rôle d'aîné dans la tradition juive.

Il se remémore votre ensevelissement au cimetière de Bagneux, près de Jeanne, votre mère, dans un caveau de six places, les funérailles de votre père qui repose en Israël, comme il le désirait. Son corps fut transporté dans les sept jours suivant son décès, pour être — selon la croyance — parmi les premiers à ressusciter à l'arrivée du Messie. Il déroule les dix dernières années de votre vie, la lente descente au tombeau, cette terrible maladie qui, progressivement, vous éteint, les souffrances, ce masque de douleur sur votre visage, le désespoir de Maryse, ce dimanche matin où votre âme a quitté votre corps à l'hôpital de Dreux.

Alfred laisse couler ses larmes. Les miennes, je les mêle aux vôtres.

Dimanche 20 septembre

La sonnerie du téléphone m'arrache à un demi-sommeil. J'étais avec vous ; nous marchions le long d'un étang bordé de grands saules lorsque, me penchant vers l'eau pour y regarder mon image, son reflet bleuté me renvoya votre visage.

C'est Alfred. Il a parlé avec Maryse, elle a déjeuné aujourd'hui avec Serge Rousseau et Marie Dubois, son épouse. Ils ont évoqué nos échanges ainsi que la rédaction de ce journal. Elle donne enfin son accord pour me rencontrer. Une chaleur, une plénitude m'envahissent. J'avance, petit à petit je pénètre votre vie comme vous avez pénétré la mienne. J'ai l'impression que le lien entre nous se tend, que, grâce à Maryse, je vais vous approcher davantage. Mais ne pas faire d'erreur, ne pas vous décevoir.

Je remercie Alfred. Il croit en la force de l'appel qui me pousse vers vous, que quelque chose d'irrationnel guide mes pas. Irrationnel ? Je n'ai jamais cru aux revenants, aux fantômes, tout au moins jusqu'à cette rencontre avec vous. Il me semble que je vous connais depuis toujours.

Il est plus de minuit. Alfred me dit bonsoir en yiddish.

Lundi 21 septembre

Depuis plus d'une heure, je réfléchis dans le noir. Je pense à vous, je pense à Maryse. Je sais que le moment de lui parler est venu.

Je dis : « C'est Nathalie. »

Elle répond qu'elle attendait mon appel. Sa voix est grave, douce. Ses mots se détachent les uns des autres avec force et précision. Elle me dévoile que plusieurs projets, de votre vivant, vous avaient été proposés. Pour les refuser, vous prétextiez votre réticence à parler, votre méfiance envers la presse. Je le sais. Maryse raconte un peu de sa vie avec vous et, désormais, de sa vie sans vous.

Elle demande un temps de réflexion. Je l'appellerai lundi 5 octobre et peut-être me recevra-t-elle, chez vous, à Romainvilliers.

Plus de sensations, ni le froid ni le chaud. Indifférente au soleil, à la nuit, au jour qui se lève, au crépuscule. Plus de désirs ni de joies à attendre. De goût pour rien. Pour me sentir plus proche encore, ne pas jouir de plaisirs qui ne sont plus les tiens. Ne plus parler, ne plus dire. Un mot, un souffle peuvent te blesser. Rester immobile, emmurée vivante dans mon propre corps. Je ne suis qu'une absence à moi-même.

Mercredi 23 septembre

Ce soir, Alfred me téléphone. Quelque chose d'intime s'est tissé entre nous. J'ai l'impression de le connaître, un peu comme un frère…

Mon frère, je te revois dans le lit de ta chambre d'hôpital. Tes cheveux si courts, restes de tant de chimiothérapies : ce cancer de la lymphe n'en finissait plus de t'emporter. Mon visage couché sur ton torse, j'adaptais les battements de mon cœur au tien, sans doute pour mieux te retenir. Ta voix me disait : « Dis-moi que tu ne me laisseras pas. Si je meurs, dis-moi que tu viendras avec moi. » Mon *oui*, à cet instant, me confortait dans la certitude de ta vie… Ce *oui* était aussi celui de ma propre mort. Il t'empêcherait de sombrer, nous serions les plus forts. Après ce *oui*, ma vie ne fut plus la même.

Le matin d'un 12 décembre, tu es parti. Je suis restée.

Une part de moi, depuis, habite l'au-delà.

La voix d'Alfred me rappelle à lui, à vous. Il me conte une histoire comme à un enfant avant de l'endormir. En 1931, un an après votre arrivée en France, Jeanne, votre mère, eut la tuberculose. Pendant quatre mois, les trois garçons furent confiés par Joseph à l'Assistance publique. Tous les dimanches, leur père leur apportait des oranges, les épluchait pour eux et mettait les écorces dans son chapeau, avant de repartir.

Il est tard, je m'endors... Cette nuit, un rêve ?

Vendredi 25 septembre

Alfred m'attend. Je lui ai apporté plusieurs de vos films. Il s'assied, ouvre un dossier : une pile de photographies, trois lettres jaunies sur du papier épais. Il me les tend. Elles datent de 1948 et de 1949. Je commence à les lire à haute voix ; c'est votre écriture, ce sont vos mots. Simples, beaux, rudes et tendres. Mais ma voix parle à votre place. Étrange sensation, un court instant, de sentir votre présence.

Ces lettres relatent le début de votre vocation d'acteur et l'inquiétude constante que vous éprouviez pour vos parents. Puis des photos d'Alfred, de Jacques et d'Élise, à différents âges de leur vie. De vous et de votre frère durant la guerre, dans le maquis. Le regard d'Alfred s'allume au souvenir des jours passés avec vous dans le Vercors, lorsque avec votre groupe de maquisards, en embuscade, vous attendiez l'arrivée d'un convoi allemand. Un camarade devait, d'un coup de fusil, alerter les résistants à l'arrivée de la colonne. Le fusil s'enraye. Malgré cet incident, au passage du premier camion, vous, seul en avant-poste, surgissez du fossé, faisant face aux dix-sept soldats armés, et lancez votre unique grenade. C'est l'explosion et la mort de tous les soldats à l'intérieur du véhicule. Vous êtes plaqué contre terre ; commotionné par le souffle, vous ne vous relevez pas. Vos camarades maquisards vous portent en fuyant dans la montagne. Jamais les marques de cette blessure ne se seront effacées.

La voix d'Alfred, devenue à peine audible, me dit : « Les Allemands n'arrêtaient pas d'arrêter », mais votre courage a sauvé l'embuscade. Vous êtes décoré pour ce fait de résistance par la croix de guerre. Alfred évoque également un jour de l'été 1944 où Yves Farge, commissaire de la République, proclame, à La Chapelle-en-Vercors, sous une pluie battante, l'abolition du régime de Vichy et le rétablissement de la République française. Debout, pendant une heure au garde-à-vous, vous l'avez écouté tous deux. Mille autres anecdotes suivent sur cette douloureuse période. Alfred me parle de ce désir en vous d'absolu et aussi de vos joies, du plaisir que vous aviez à chanter, à plaisanter en yiddish des heures durant.

Le jour est tombé sur Amiens. Nous décidons d'aller dîner dans un restaurant chinois, sur la place, devant la gare. Alfred n'évoque jamais votre vie d'acteur.

Je rentre à Paris. Dimanche matin, j'irai avec Alfred au cimetière de Bagneux, sur votre tombe et celle de Jeanne, votre mère.

Dimanche 27 septembre

Il a plu toute la nuit. Dans la voiture, Alfred et moi sommes silencieux. Pas une fois depuis le début de ma quête, je n'ai douté ; pas une fois je n'ai éprouvé l'envie de revenir en arrière. Ce n'est pas tant de vous découvrir qui m'importe, c'est de vous sentir présent, de vous parler, de rester à votre écoute. Le seul fait de vous évoquer me rapproche un peu plus de vous.

À l'entrée du cimetière, l'enterrement d'un homme, sans doute une personnalité importante, un service d'ordre, de nombreuses voitures noires et de hauts dignitaires religieux, des kippas, de grands châles blancs de prière.

Nous arrivons enfin près de la 112e division, dans le carré 107.

— Retourne-toi.

Alfred m'a saisie par les épaules, comme pour me soutenir. Je fais face à une imposante pierre tombale en marbre noir piqué d'or ; deux noms y sont gravés : Jeanne Denner, 6 décembre 1901-22 juillet 1989, Charles Denner, 28 mai 1926-10 septembre 1995.

Charles, votre corps repose sous cette dalle. Charles, je dois l'entendre, je dois le dire : vous êtes mort. Vous êtes mort… Ces mots m'envahissent. Je sais maintenant que vous avez disparu et, pourtant, je veux espérer qu'au détour d'un chemin je vous verrai enfin, vous prendrai la main, si loin…

La passion est ce qui nous fait vivre, moi ici et vous, là-bas. C'est par la force de la pensée que les images ne meurent pas ; c'est dans la mémoire qu'habitent nos deux âmes. Je pense à votre regard, semblable et différent ; à vos yeux de fièvre, de pudeur et de nuit. Votre voix s'est tue. Elle ne s'adresse plus aux vivants, mais il suffit de penser à vous pour l'entendre. Ma gorge est nouée. L'eau qui tombe à mes larmes se mêle. Je ne sais combien de temps s'est écoulé. Alfred est là, debout, près de moi. Un rabbin récite la prière des morts en hébreu. Un rayon de soleil ; la pluie s'est arrêtée. Je ramasse de petits cailloux que je dépose sur la stèle.

Nous montons en voiture et évoquons, un moment encore, *Le Marionnettiste de Lodz*, de Gilles Ségal, que vous jouiez en 1984 : l'histoire de cet ancien déporté qui, sombrant peu à peu dans la folie, réinvente sa vie avec ses marionnettes. C'est pendant les représentations de ce spectacle que vous tombez malade, que vous décidez de vous retirer.

Alfred, vous repartez pour Amiens. Je vous sens si las. Je vous demande de m'appeler pour me dire que vous êtes bien arrivé. Vous riez, me dites que lorsque votre mère vous le demandait, cela vous exaspérait, mais, pour moi, vous le ferez.

Toutes ces portes ouvertes et refermées sur ta souffrance. Ces airs de légèreté et d'indifférence que je prenais devant ton visage de douleur, pour mieux nier ton mal. Mes longues marches dans ce couloir d'hôpital, le temps d'y sécher mes larmes, les forces puisées dans les souvenirs des retours de déportation que tant de nos familles ont connus, et que je rassemble pour me battre encore, pour toi, et pour les autres à venir.

Samedi 3 octobre

Depuis quelques jours je n'écris rien, pas de mots pour ce journal ; mes pensées cependant vous entourent. Je me suis passé et repassé certains de vos films ; vous êtes là, avec moi, présent jour et nuit.

Je me prépare à rencontrer Maryse.

Lundi 5 octobre

Après trois sonneries, Maryse décroche. Elle dit mon prénom sans hésiter. Je suis à l'heure à notre rendez-vous pris dix jours à l'avance. Aujourd'hui, nos échanges sont moins retenus, moins pudiques. Nous parlons de nous, de notre semaine écoulée, de la circoncision de son petit-fils adoptif. Puis, enfin, je m'entends lui formuler cette question :

— Maryse, me recevrez-vous ?

— Venez mercredi, à Romainvilliers.

Mercredi 7 octobre

Je pars en avance. Chaque kilomètre qui me conduit vers Maryse nous rapproche. Je partage avec vous ce paysage que vous avez vu tant et tant de fois en vingt-deux années. Des routes de campagne sinueuses, bordées d'arbres, de jolies maisons, des jardins de part et d'autre, un petit village, pas de commerçant. Première à droite puis deuxième à gauche. Derrière une immense vigne vierge rouge, je devine enfin le nom de la rue.

Je sonne. Une paire d'yeux étonnamment clairs m'observent à travers le judas. Une seconde, nos regards se croisent, ma première impression est lumineuse : un visage doux, régulier, jeune, un peu fermé peut-être. Je lui tends la main, la suis vers votre maison. Au fond, une table, un buffet, et là, une photo de vous, de profil, cigarette aux lèvres.

Maryse me propose de m'asseoir devant la cheminée. L'ensemble qu'elle porte, en velours bleu marine, rehausse davantage la douceur de son visage, le bleu de ses yeux, l'argent de ses cheveux. Je lui parle sans retenue, lui expose mon projet, lui dis tout de mes désirs, du sens de ma quête. Tout vient simplement, naturellement. Je lui demande un verre d'eau ; elle se dirige vers la cuisine. Je tourne la tête à droite, mes yeux se fixent, ne bougent plus. Le portrait que Charles Matton a fait de vous dans le rôle de Fergus, ce dessin dont je connais chaque trait de fusain est là, fixé au mur.

Maryse revient. Je lui fais part de mon étonnement.

— C'est une belle histoire, me dit-elle. À la fin du tournage de *La Mariée*, Matton l'a offert à Charles qui, ne supportant aucune représentation de lui dans la maison, voulait le donner ou, pire, le détruire. Je l'ai donc mis à l'abri dans la petite maison d'à côté, où vivaient mes parents. Là, au moins, il ne lui arriverait rien. Charles disparu, je l'ai accroché au mur.

La force du trait noir et fiévreux qui s'en dégage, ces mains, ce visage si présent, la séduction, ce mystère. De tout cela que révèle le portrait, j'ai du mal à détacher mes yeux. Maryse et moi le regardons longuement ensemble. Elle me raconte qu'il ne supportait aucune photo de lui et qu'elle devait utiliser de nombreuses ruses pour les lui dissimuler. Pas de représentation, pas d'image en dehors de son travail.

La confiance entre nous s'installe peu à peu. Je lui demande le récit de leur première rencontre. En 1963, après une déception sentimentale, elle s'éloigne de Paris grâce à ses amis, Jean-Jacques de Kerday, régisseur au TNP, et son épouse, Mose. Malgré sa profonde solitude, Maryse accepte, en compagnie de ses amis, d'aller attendre la troupe du TNP qui arrive de Paris par le train. Sur le quai de la gare débarquent Georges Wilson et Jean Vilar, puis, d'une voiture, un jeune homme qu'elle prend pour un chauffeur de taxi car, du coffre, il sort une mobylette. C'est Charles.

Dans les jours qui suivent, elle se rend au café *La Civette*, avec ses amis de Kerday, s'habitue à voir la troupe. Peu après, seul au comptoir d'un café, Charles se décide enfin à la saluer. Ils se regardent.

— Il me fit ses yeux de braise et partit.

Le 14 juillet, en Avignon, un cocktail est donné au Palais des Papes, suivi d'un dîner dans un restaurant. Charles arrive sur sa mobylette et offre à Maryse de l'emmener. Il a trente-sept ans, elle en a trente et un. Ils ne se quitteront plus.

Les premières années, ils ne vivent pas sous le même toit mais se voient régulièrement. Ce n'est qu'en 1968, le 8 octobre, qu'ils se marient et s'installent à Levallois-Perret, dans une HLM. Maryse effleure la question des rapports de Charles avec ses enfants. Une fois encore, comme avec Serge Rousseau et Alfred, ce sujet me semble inabordable. Je n'ai pas envie d'insister. Les choses, peut-être, viendraient d'elles-mêmes.

Charles et Maryse étouffent à Paris, rêvent de campagne. Elle se met en quête d'une maison. Après plusieurs visites sans résultat, ils découvrent *la* maison, celle qui deviendra leur « petit paradis ». Et c'est là que, grâce à Maryse, je vous connais un peu plus. Je devine tant de choses dans ses silences et dans les inflexions de sa voix.

Les anecdotes viennent dans le désordre, sans chronologie. Maryse me dit que, vous et elle, vous êtes longtemps vouvoyés, qu'elle était votre mère, votre femme, votre sœur et votre maîtresse.

Le temps s'est écoulé, il est tard. Maryse n'a donné signe ni de fatigue ni d'impatience. Je dois partir. Je lui demande si je puis la revoir.

— Autant de fois que vous le désirerez.

Je l'appellerai afin de revenir à Romainvilliers.

Elle me montre la bibliothèque où se trouvent les livres que vous préfériez et me donne une photo de vous.

Je suis dans la voiture. Maryse est debout, devant moi. Je baisse ma vitre pour mieux la voir une fois encore, lui fais un signe de la main. Nos regards ne se quittent pas. Son visage est maintenant tout à fait détendu.

Jeudi 8 octobre

Le soir, au retour de ma visite chez Maryse, votre portrait dessiné par Charles Matton ne cesse de m'obséder. La lumière éteinte, je le revois de façon précise, persistante.

Le lendemain, j'appelle Charles Matton. Je l'interroge sur votre carrière d'acteur, lui demande s'il vous a connu, si vous avez posé pour lui lors du tournage du film de François Truffaut.

— J'ai le souvenir de deux séances de pose dans mon atelier à l'époque. Il était secret, fermé, silencieux.

Décrivant, une fois de plus, votre air d'aigle fiévreux attesté par tous ceux qui vous ont approché, Matton me parle de son travail de directeur artistique lors du tournage, des séances de pose avec Jeanne Moreau.

Samedi 10 octobre

Toute cette journée passée à relire le texte de mon premier entretien avec Maryse, une sensation fébrile ne m'a pas lâchée. J'attends de pouvoir appeler Alfred qui passait la journée avec Charlet, dans sa maison près d'Étampes. C'est la première fois qu'un de vos proches évoquerait l'existence de ce journal en présence de votre fils.

Alfred est rentré à Amiens. Il me dit sa joie d'être avec Charlet, me rapporte le récit qu'il lui a fait de mon histoire, ses premières réactions, toutes de méfiance, puis, peu à peu, enfin, son désir de me parler de vous, de me parler de lui.

Je ne sais rien de votre fils, si ce n'est le trouble profond que ressent Alfred lorsqu'il est avec lui.

Dimanche 11 octobre

Charles, chaque jour un peu plus. Chaque jour mon dialogue avec vous se fait plus intime. Plus j'avance dans cet entretien désespéré que je tente de nouer avec l'absence, plus je ressens dans ma chair la douleur qu'elle ne soit qu'absence.

Lundi 12 octobre

Ce matin, deux longues lettres d'Alfred. Morceaux de mémoire, fragments d'anecdotes et de souvenirs de vous.

Il y a quelques jours, il me murmurait : « Appelle-moi Fred, comme ceux de ma famille, et tutoyons-nous car un frère et une sœur se tutoient. »

Mardi 13 octobre

Comme toujours, Alfred m'attend sur le pas de la porte. Il me fait entrer.

Aujourd'hui, nous devons légender les photos qu'il m'a confiées, y mettre un lieu, une date. Parler de vos grands-parents maternels, Aaron et Rose Misenmacher, arrivés avec vous tous en 1930 ; de leur vie modeste, impasse Dupuy, de leurs économies confiées au concierge qui, promettant de les cacher pendant l'Occupation, finit par les dénoncer à la police, en juin 1944. Puis le dénouement de la guerre qui les libéra du camp de Drancy, où tous deux étaient emprisonnés, miraculeusement sauvés de la mort, le matin même de leur déportation, par des résistants qui avaient réussi à bloquer les gares et par le consulat de Suède. Ils rentrèrent chez eux, à Belleville, moururent à deux mois d'intervalle, en 1965. Ils avaient eu huit enfants. Un seul fut déporté, qui mourut dans les chambres à gaz. Il s'appelait Charles.

Et une fois de plus, les témoignages sur la judaïté de vos parents, sur leur pudeur, leur retenue, sur le corps dont on ne parle jamais à moins qu'il ne soit malade, sur ce père qui vous embrassa si peu.

Les camps, la déportation, la maladie, la mort… Le vertige est là. Nuit et brouillard.

Charles, vous et moi, c'est une histoire sans paroles ni rien. En savoir plus sur vous, et sur moi, je n'en ai pas envie. Et à supposer même que, sans le vouloir, j'en apprenne davantage, le faudrait-il écrire, livrer cela en pâture, tout montrer et, comme vous le disiez, se mettre à nu ? Vous qui refusiez pendant un tournage de retirer votre chemise, l'ouvrant à peine pour ne pas dévoiler votre torse. Quel besoin de se raconter plus que nécessaire ? Un chagrin d'amour est le même pour tout le monde. La sensation d'abandon, de solitude, la prostration… Vouloir être aimé lorsqu'on ne l'est plus. Vouloir plus que tout ramener l'autre à soi, comme aujourd'hui je tente de vous ramener à la mémoire des vivants. Je voudrais tant y parvenir, sans vous blesser, sans vous meurtrir, vous qui n'aviez pas voulu que votre portrait fût révélé.

Fred et moi marchons depuis longtemps. Chaque jour passé près de l'un des vôtres m'attache un peu plus à votre famille.

La nuit est tombée ; je rentre à Paris.

Ce soir, Alfred se tient droit ; ses jambes le portent mieux, son regard est moins mélancolique.

Mercredi 14 octobre

Un message de Pierre Hebey qui me propose un rendez-vous avec Claude Berri. Après avoir parlé à d'autres réalisateurs ou à des acteurs qui ont travaillé avec vous, je me rends à l'évidence : outre les moments de tournage, personne n'a grand-chose à me dire de vous. Vous arriviez à l'heure, repartiez à l'heure. Le seul parmi ceux qui vous ont dirigé et que j'avais vraiment envie de rencontrer, c'est lui. Et François Truffaut, s'il vivait encore...

Le plus intéressant pour moi dans *Le Vieil Homme et l'Enfant* et *La Première fois*, c'est que vous y jouez le père du metteur en scène : son itinéraire d'enfant juif sous l'Occupation, puis son adolescence, les premiers émois. Fred m'avait raconté que lors de la projection du *Vieil Homme*, Joseph Denner, votre père, vous avait reproché de vous être trop inspiré de lui et de l'avoir caricaturé. Cela vous avait beaucoup amusé.

Il est un fil invisible qui, je le sens, fait tenir ensemble ces pages : celui que tracent à travers l'histoire les relations tragiques des pères et des fils depuis que le secret entre eux s'est installé, qu'Abraham décida de taire le sacrifice d'Isaac. Et ce secret, je le fais mien. Je ne peux que chuchoter, dans l'interligne, le destin de ce peuple qui, malgré cette offrande, n'a pu être sauvé ; les prénoms innombrables sur lesquels l'ange n'a pas su retenir le bras de l'holocauste…

Jeudi 15 octobre

Aujourd'hui, je pars à Romainvilliers passer la journée avec Maryse. Elle m'ouvre le portail ; nous nous attardons quelques instants dans le jardin.

Je découvre les dernières photos qu'elle a prises de vous, peu avant votre disparition. La maladie inscrite sur votre visage n'a pas altéré votre beauté, votre charme. Elle me raconte les dernières années passées avec vous, ne vous quittant jamais, sa lutte contre votre maladie, votre refus de vous faire opérer, dans la certitude où vous étiez que votre voix était l'instrument de votre pouvoir sur nous. Elle s'est éteinte, lentement. En 1986, au début de vos souffrances, vous vous retirez après le tournage des derniers films où vous apparaissez, *Golden Eighties* de Chantal Akerman et *L'Unique* de Jérôme Diamant-Berger.

Maryse me dit vos déchirures. Votre révolte devant le malheur de l'humanité, vos moments de désespoir. Les soirées à étudier vos rôles avec elle près du feu, votre méthode de travail pendant les répétitions au théâtre : enregistrant les répliques de vos partenaires, vous appreniez votre texte avec celui de l'autre, afin de garder quelque chose de votre authenticité, de ne rien perdre de votre élan.

Nous écoutons ensuite votre dernière interview, au moment des représentations du *Marionnettiste de Lodz*. Vous y expliquez pourquoi vous n'aimez ni les entretiens ni les portraits.

Charles, je sais que le mouvement qui me porte vers vous, plus que de paroles, a besoin de silence, car c'est la recherche de votre mystère.

Vous étiez à part, droit, toujours droit comme disait votre père. Marcheur acharné, qui ne dévie jamais de sa trajectoire, vous vous heurtiez souvent aux autres. Vous flirtiez avec le danger. Jamais si bien, comme le dit votre frère, que dans la peau d'un autre.

Maryse me parle de vos deux amis intimes, Marie-Pierre de Gérando et Philippe Avron, de votre tendresse pour Serge Rousseau. Elle lit la transcription de notre première rencontre et précise en riant que ses yeux sont verts. C'est vrai Maryse, ils sont verts, mais leur première vision fit sur moi l'effet d'un éclair bleu.

Il est six heures, le soir tombe. Elle me suggère de récupérer chez une orthophoniste un disque où vous chantez en yiddish. Je resterais bien encore un moment. Après avoir longuement réfléchi, vous en avoir parlé en pensée, comme elle le fait quotidiennement, Maryse me dit être d'accord pour que je continue.

Comme l'autre semaine, je la regarde dans le rétroviseur en m'éloignant.

Vendredi 16 octobre

Faut-il tout écrire, en dévoiler autant ? La pudeur ne peut-elle, aussi, avoir son aveu ? Comment, sans la trahir, l'inscrire au creux des mots ? Comment, dans la lumière, préserver ce qui doit rester secret ? Partager ce qui ne saurait se donner ?

Ce pourrait être comme un oubli, mais pas de ceux qui effacent les êtres. De ceux, plutôt, qui les restituent, dans le mystère de leur existence.

Samedi 17 octobre

Être seule, ne parler à personne.

Revu *Le Vieil Homme et l'Enfant* et *La Première Fois* de Claude Berri.

Lundi 19 octobre

Ce matin, Claude Berri. J'avais envie de parler de vous avec lui. J'aime ses films, son univers, son regard. Les origines de la famille de Berri sont les mêmes que celles des Denner, familles Langmann arrivées de Pologne, exerçant des métiers similaires.

Dans son bureau, nous ne pouvons parler de vous ; nous ne parlons de rien. Nous restons quelques instants face à face. Il me dit qu'il est sous le choc d'un événement indicible arrivé la veille.

L'émotion, le chagrin et la force qui se dégagent de lui sont d'une intensité infinie ; je voudrais lui dire, ne rien dire…

Sur le trottoir de la rue Lincoln, je laisse couler mes larmes. Assise à la terrasse d'un café, les yeux fermés, j'écoute les bruits de la rue.

Ma tête est vide. Mes pensées filent ailleurs, ailleurs avec vous, ailleurs avec toi.

Jeudi 22 octobre

Je suis allée voir Maryse aujourd'hui, je désirais lui parler encore, encore de vous ; et parce qu'elle me manquait. En trois rencontres, des liens étroits se sont tissés entre elle et moi ; nous nous appelons souvent.

J'ai maintenant la certitude que c'est vous qui, choisissant la chronologie des rencontres, dirigez mes pas vers les vôtres, comme on conduit une novice dans un parcours initiatique fait de passages compliqués, d'obstacles à surmonter, mais aussi de joie, de bonheur et d'émotion. Tout au long de l'expérience, je me serai laissé guider par vous. En moi. Car c'est en moi seule, je le sais maintenant, que gît le secret de l'homme qui ne voulait pas de son portrait.

Samedi 24 octobre

Je reste un long moment avec votre ami de trente-cinq ans. Tout le monde m'a parlé de lui ; il est une part de votre famille. Marie-Pierre de Gérando est acteur.

La première chose qu'il évoque : son profond respect pour votre père. Son élégance, sa force morale, sa droiture. Il dit la tristesse qui était la vôtre, dès l'enfance, parce que vous manquiez de livres, vos parents n'ayant pas les moyens de vous en acheter. Il rappelle le drame de la Shoah, qui vous a tant marqué, la clameur des innocents.

Il vous voit, lui aussi, en funambule relevant sans cesse les défis de l'existence, vacillant parfois, mais ne tombant jamais. Votre combat pour ne plus avoir à vous « excuser de vivre ».

Ses souvenirs de vos vacances, seuls, en Grèce : le soir au coucher du soleil, dans le théâtre antique d'Épidaure, vous récitiez des poèmes ; des nuits entières à refaire le monde en buvant au coin du feu. Marie-Pierre parle de votre voix, comme tous ceux qui vous ont connu, voix qui venait des profondeurs du temps, qui portait en elle un passé millénaire. De l'infinie séduction que vous dégagiez. Vous étiez de ces hommes que les femmes dévorent du regard. Charles, en étiez-vous méfiant ? Vous n'étiez ni coureur ni don Juan. Personne ne pouvait vous attraper.

Lui viennent ensuite les souvenirs du *Roi Lear*, au TNP, en 1966 : l'annonce, cette année-là, par lui, de la guerre des Six-Jours, votre pâleur alors, votre tristesse, votre difficulté à entrer en scène, votre profonde implication dans l'histoire de notre peuple.

Après un long silence, Marie-Pierre évoque pudiquement votre maladie, qui mit dix ans à être la plus forte. Votre désir d'être enseveli au cimetière juif de Bagneux avec cette terre de Jérusalem dans votre cercueil, sous laquelle désormais vous reposez.

Il existait entre Marie-Pierre et vous un pacte de silence, de secret. Une parole donnée.

Je l'appelle Maurice. Tu disais papa. Il était ton miroir, ta fierté. Tu te projetais dans son image, son reflet te renvoyait le tien. Peu de pères et de fils se seront tant aimés.

Jeudi 29 octobre

Aujourd'hui, rencontre avec Charlet : peut-être notre unique rendez-vous. Lorsque je lui ai parlé, il y a dix jours, au téléphone, je l'ai senti hésitant, anxieux, méfiant. Je lui ai laissé la liberté de choisir le jour, le lieu et l'heure.

C'est aujourd'hui, dans sa maison, près d'Étampes.

Il m'appelle. Me dit que sa voiture est tombée en panne, que la journée a mal commencé, qu'il n'est pas prêt pour notre rencontre. Je ne céderai pas. J'insiste. Il faut que je le voie aujourd'hui. Je lui dis que nous parlerons de vous ou d'autre chose, mais que j'ai besoin de le voir.

Après un long silence, il me dit :

— Soyez là à quatorze heures.

Il m'avait annoncé un itinéraire compliqué pour arriver jusqu'à lui, comme pour se protéger. Je descends devant le portail d'un très grand jardin. Grande, il me semble que la maison l'est aussi. Perdue en pleine campagne, loin de tout. Je frappe, je suis sûre qu'il est ici. Il ouvre. Nous nous asseyons autour d'une grande table en bois, dans deux fauteuils en osier. Je suis touchée par sa grande gentillesse et par sa timidité.

— Pourquoi ce travail sur mon père ? Expliquez-moi, je ne comprends pas très bien ce que vous voulez.

Je lui fais le récit de ma quête, entrant dans les moindres détails ; je lui dis le désir de travailler sur l'absence, le manque, et ma confiance aussi en la possibilité de vivre une histoire d'amour avec un inconnu. Je lui confie tout du besoin que j'ai de vous, de votre portrait, de mon envie d'en faire quelque chose qui vous aurait séduit. Nous feuilletons ensemble mon journal, il est troublé par les photos de son enfance.

— C'est drôle, me dit-il, certaines de ces photos étaient sur le buffet, chez mes grands-parents.

Nous parlons de vous, de son fils Théo qui a dix ans, de sa femme, Claudine, avec laquelle il s'est installé depuis peu dans cet endroit. Charlet a du mal à mettre en route son esprit, sa mémoire, à propos de vous, de votre histoire à tous les deux.

Il pense à vous, le résistant, aux blessures de votre guerre, à la folie ordinaire, aux difficultés de l'intégration, au long chemin que vous fîtes pour perdre votre accent et rompre ainsi avec vos origines.

Le souvenir de Pierre Blanchard, extraordinaire acteur, vieil homme aux cheveux blancs qui vous adorait et qui donna à Charlet un train mécanique. En 1958, la trahison des patriotes inféodés à Moscou ; vous aviez déjà déchiré votre carte du Parti après l'invasion russe de Budapest en 1956.

Charlet évoque sa fascination pour la salle des décors et des costumes, au TNP, où, enfant, il se réfugiait. Il se rappelle votre angoisse des trous de mémoire, les rivalités pour attraper la lumière, le sourire que vous aviez en disant que « Jean Vilar n'éclairait que ses femmes ».

Charlet s'est tu. Les larmes lui montent aux yeux. Et comme surgissant du plus profond de lui-même :

— La voix de mon père... Cette voix qui entre en scène.

Puis viennent les souvenirs d'*Arturo Ui*, de *Maître Puntila et son valet Matti*, avec Georges Wilson, du *Manteau* de

Gogol, pour la télévision, qui vous a tant marqué ; de cette valise en fer-blanc avec laquelle vous partiez en tournée... De cette semaine passée entre hommes, à rire.

Charlet, vous êtes épuisé, submergé par ces images qui remontent à la surface. Vous me dites avoir hérité de votre père cette sensibilité. Votre dernière phrase sur lui sera prononcée dans un souffle :

— Il a fait le plein par le vide.

Maintenant, au terme de ce voyage, je sais que, Charles, vous êtes une illusion, un signe qui ne peuvent s'incarner.

Je m'en vais. Au portail du jardin, après m'avoir embrassée, Charlet me dit que j'ai l'air d'une adolescente avec mon jean et mes baskets, que vous aussi étiez resté adolescent, et que vous m'auriez aimée.

Tu m'as quittée, Louis, mais regarde à présent, regarde : nos deux âmes jumelles en une seule et même chair ; moi qui t'accueille.

Nous attendrons là, ensemble, l'union finale : nos dépouilles amoureuses, ces poussières d'éternité.

DU MÊME AUTEUR

Aux Éditions Galilée

L'UN POUR L'AUTRE, 1999 (Folio n° 3491)

Aux Éditions Flammarion

LETTRE D'UNE AMOUREUSE MORTE, 2000

Composition Interligne.
Impression Bussière à Saint-Amand (Cher),
le 16 octobre 2003.
Dépôt légal : octobre 2003.
1er dépôt légal dans la collection : février 2001.
Numéro d'imprimeur : 36701.
ISBN 2-07-041610-0./Imprimé en France.

127869